D0695854

LES SCHTROUMPFS

ET LE VILLAGE PERDU

SMURFS™ & © Peyo - 2017 - Licensed through Lafig Belgium/IMPS. Smurfs: The Lost Village, the Movie
© 2017 Columbia Pictures Industries Inc. and LSC Film Corporation. All rights reserved.

Rue du Cerf 85, 1332 Genval, Belgique.

Reproduction même partielle et par quelque procédé que ce soit
interdite sans autorisation écrite d'I.M.P.S.

Adaptation : Elizabeth Barféty.
Conception graphique et mise en pages : Audrey Thierry.

© Hachette Livre 2017 pour la présente édition
Hachette Livre, 58, rue Jean-Bleuzen, 92178 Vanves Cedex.
Tous droits réservés.

LES SCHTROUMPFS™

ET LE VILLAGE PERDU

LE ROMAN DU FILM

hachette
JEUNESSE

Qui pourrait croire que l'unique fille du village à ete créée par Gargamel ? Recueillie par les Schtroumpfs, elle mène une vie heureuse à leurs côtés ! Mais, parfois, elle se demande encore fui elle est vraiment...

SCHTROUMPFETTE

Ce sont les trois meilleurs amis
de la Schtroumpfette. Ensemble,
ils forment la Team Schtroumpf,
et ils se serrent les coudes !
Après tout, nul n'est plus fort
que le Schtroumpf Costaud,
plus intelligent que le Schtroumpf
à Lunettes et plus... gaffeur
que le Schtroumpf Maladroit !

SCHTROUMPF
MALADROIT

SCHTROUMPF
COSTAUD

SCHTROUMPF
À LUNETTES

GRAND SCHTROUMPF

D'une grande sagesse, le chef
du village est respecté de tous.
Il met un point d'honneur
à veiller sur ses petits
Schtroumpfs et à toujours
les protéger du danger.

GARGAMEL

Le terrible sorcier Gargamel est l'ennemi juré des Schtroumpfs ! Toujours accompagné de son chat Azraël, il élabore sans cesse de nouveaux plans dans le but de capturer les petits lutins bleus.

CHAPITRE 1

Qui est la Schtroumpfette ?

C'est au cœur de la forêt, dans un endroit tenu secret, que se trouve le village des Schtroumpfs. C'est là que vivent les petites créatures bleues, dans leurs jolies maisons en forme de champignon.

Pour savoir ce que fait un Schtroumpf, rien de plus simple : il suffit de lui demander son nom. Prenons, par exemple, le Schtroumpf Maladroit... Le voilà justement qui passe devant la maison du Grand Schtroumpf, sans regarder où il va. Eh bien, il trébuche et tombe dans un arbre creux !

Un peu plus loin, le Schtroumpf Farceur tend un paquet au Schtroumpf Crédule :

– Un cadeau pour toi !

L'autre s'en empare sans méfiance... et la boîte lui explose au visage !

De l'autre côté du village, le Schtroumpf Costaud fait des pompes.

– 98, 99... et 100 ! s'exclame-t-il.

Quant au Grand Schtroumpf, il veille à la bonne marche du village. Comme chaque jour, il garde un œil bienveillant sur chacun : le Schtroumpf à Lunettes, qui sait toujours tout, le Schtroumpf Curieux, le Schtroumpf Coquet, le Schtroumpf Bricoleur, le Schtroumpf Magicien…

Chacun tient son rôle à la perfection.

– Et il y a aussi… la Schtroumpfette ! murmure le Grand Schtroumpf. L'unique fille de notre village. Mais ce n'est pas sa seule différence !

En effet, elle a été créée par l'affreux sorcier Gargamel, grâce à sa magie noire… Au début, elle était aussi méchante que lui. Il l'a envoyée au village pour qu'elle l'aide à accomplir son rêve de toujours : capturer tous les Schtroumpfs !

Mais grâce au Grand Schtroumpf, la Schtroumpfette a changé. Elle a montré à tous que son cœur était bon.

– Le problème, réfléchit le Grand Schtroumpf à voix haute, c'est que son nom ne nous apprend rien sur ce qu'elle est. Que fait une Schtroumpfette ?

Depuis son arrivée au village, elle a tout essayé : faire de la chimie avec le Schtroumpf à Lunettes, préparer des gâteaux avec le Schtroumpf Pâtissier… Rien ne semble fonctionner.

Et quand on pose la question aux autres Schtroumpfs, ils n'en savent pas plus.

– Qu'est-ce qu'une Schtroumpfette ? Ça, c'est une colle, pour sûr ! s'exclame le Schtroumpf Fermier en se grattant la tête.

– Euh… Une Schtroumpfette… c'est… euh… bredouille le Schtroumpf Bricoleur.

Le Schtroumpf Costaud, lui, est formel :

– C'est la meilleure !

Et le Schtroumpf Coquet a l'air d'accord…

– La créature la plus merveilleuse de la terre ! souffle-t-il en se regardant dans le miroir.

Puis il se tourne vers le Grand Schtroumpf et demande :

– Pardon, quelle était la question ?

Ah non, en réalité, le Schtroumpf Coquet parlait de lui !

Ce que le Grand Schtroumpf ignore, c'est que la Schtroumpfette l'a entendu interroger les autres. Et leurs réponses l'attristent beaucoup. Elle aimerait tant savoir qui elle est vraiment…

En soupirant, elle s'assoit sur un banc isolé.

– Hé ! proteste le Schtroumpf Grognon. Qu'est-ce que tu fais ?

– Oh… euh… bonjour ! répond la Schtroumpfette. J'étais juste…

– … en train de partir ? suggère-t-il.

Voyant qu'elle hésite, le Schtroumpf Grognon insiste :

– C'est mon banc. Je viens ici tous les jours à la même heure et je…

– Laisse-moi deviner, l'interrompt la Schtroumpfette. Tu râles ?

– Ouais, grommelle-t-il.

Elle s'écarte pour lui laisser un peu de place, avant de reprendre :

– Je pourrais faire ça, moi aussi. Râler.

Mais au bout de quelques minutes, la Schtroumpfette doit se rendre à l'évidence : elle est nulle pour râler. Elle voit toujours le bon côté des choses !

Elle décide donc d'aller rendre visite à son ami le Schtroumpf à Lunettes. Quand elle arrive chez lui, il porte sa blouse de laboratoire.

– Ah, Schtroumpfette ! Entre ! s'écrie-t-il. J'étais en train de tester ma dernière invention…

À l'intérieur, la Schtroumpfette découvre le Schtroumpf Costaud,

affublé d'une sorte de casque fabriqué avec un égouttoir et des légumes variés. L'objet est relié par des câbles à une étrange machine.

Inquiète, elle rejoint le Schtroumpf à Lunettes derrière un écran de protection. Ce dernier filme l'expérience avec Snappynelle, l'équivalent schtroumpf d'un téléphone portable… qui est aussi une vraie coccinelle !

– Prêt, Schtroumpf Costaud ? demande-t-il.

Ce dernier lève le pouce, confiant.

La machine se met en marche, produit une série de bruits étranges, puis l'aiguille de son cadran s'agite… et s'arrête sur l'image d'un bras musclé.

– Ça marche ! s'exclame le Schtroumpf à Lunettes.

– Cette machine est capable de déterminer le caractère d'un Schtroumpf... comprend la Schtroumpfette.

– Et elle peut aussi extraire son essence, ajoute le Schtroumpf à Lunettes en brandissant un verre plein. J'en ai fait une boisson énergisante !

Il aimerait faire goûter la mixture à la Schtroumpfette, mais elle refuse. Tant mieux, car quelques instants plus tard, quand le Schtroumpf Maladroit les rejoint, il fait tomber le verre... qui explose ! Visiblement, il reste quelques améliorations à apporter pour que la boisson soit consommable.

En attendant, la Schtroumpfette a une idée. Elle se précipite pour

19

prendre la place du Schtroumpf Costaud et lance :

– Cette machine pourra peut-être nous dire qui je suis ! Mets-la en marche !

À nouveau, l'appareil démarre... mais, cette fois, il tremble dangereusement, puis tombe en panne !

– Que s'est-il passé ? demande la Schtroumpfette, déçue.

– Fascinant, souffle le Schtroumpf à Lunettes. Au lieu d'envoyer de l'énergie, tu l'as absorbée ! C'est sans doute parce que tu n'es pas une vraie...

Il s'arrête net en réalisant soudain ce qu'il est en train de dire.

– Une vraie Schtroumpf, c'est ça ? termine la Schtroumpfette.

– Non, se corrige son ami. C'est juste que la machine n'est pas construite pour des Schtroumpfs de… ton origine !

– J'ai compris, marmonne-t-elle.

Voyant qu'elle est blessée, le Schtroumpf Costaud propose :

– Et si on allait faire du Skate-Schtroumpf ?

CHAPITRE 2

Une étrange découverte...

Pendant ce temps, dans son repaire isolé au sommet d'une montagne aride, Gargamel prépare un mauvais coup...

– Ça y est, Azraël ! Mes boules pétrifiantes sont prêtes !

Son chat lui jette un regard agacé. Il est tout aussi méchant que son maître... mais bien plus intelligent.

Le sorcier tire de son chaudron une dizaine de sphères fumantes… et en lance une sur une souris qui passait par là. Aussitôt, elle se fige en poussant des cris perçants.

– Voilà qui va me permettre de capturer ces satanés Schtroumpfs !

Son plan est toujours le même : trouver le village des Schtroumpfs, les faire tous prisonniers, extraire leur essence magique et enfin… l'utiliser pour devenir le sorcier le plus puissant du monde !

Justement, en regardant dans le télescope, Azraël vient de repérer quelque chose qui va intéresser son maître : quatre Schtroumpfs au sommet d'une colline, au loin, dans la forêt.

– Monty, vole et ramène-les-moi !
ordonne Gargamel à son vautour.

Ignorant le danger qui menace, la
Team Schtroumpf – c'est comme ça que
se surnomment la Schtroumpfette, le
Schtroumpf Costaud, le Schtroumpf
Maladroit et le Schtroumpf à Lunettes
– vient d'arriver au sommet de la
colline. C'est parti pour une session
de Skate-Schtroumpf !

Lorsque le tour de la Schtroumpfette
arrive, elle surprend ses amis en
déployant deux magnifiques ailes en
feuilles. Elle flotte gracieusement
dans les airs… jusqu'à ce qu'un coup
de vent dévie sa course !

– Oh, non ! s'exclame le Schtroumpf
à Lunettes. Elle se dirige vers la Forêt
Interdite !

– Il ne faut pas qu'elle franchisse le mur ! ajoute le Schtroumpf Costaud.

Heureusement, elle atterrit juste devant.

Mais, alors qu'elle se relève, la Schtroumpfette a le sentiment d'être observée. Elle regarde autour d'elle… et aperçoit quelque chose dans les buissons. Deux yeux sont fixés sur elle !

Une créature surgit du buisson et s'enfuit en courant.

– Non, attends ! lui crie la Schtroumpfette, avant de s'arrêter, sous le choc.

La créature est un Schtroumpf ! Comment est-ce possible ?

Reprenant ses esprits, elle se lance à sa poursuite. Mais le Schtroumpf se faufile dans un trou du mur et s'enfonce dans la Forêt Interdite.

La Schtroumpfette n'ose pas le suivre. Elle ramasse le bonnet qu'il a laissé tomber. Contrairement à celui des autres Schtroumpfs, il est jaune. Tout ceci est de plus en plus étrange…

Elle est en train de l'examiner quand ses amis la rejoignent.

– J'ai vu un Schtroumpf ! leur annonce-t-elle en brandissant le bonnet. Il portait ça !

Soudain, alors qu'elle est en train de parler... Monty fond sur elle et la jette dans un sac en toile.

– Code bleu ! hurle le Schtroumpf Costaud en sautant sur le vautour.

Il parvient à s'accrocher à ses plumes avant qu'il ne redécolle... mais il ne tient pas longtemps. Impuissant, il voit Monty emmener la Schtroumpfette !

– On doit la retrouver ! déclare le Schtroumpf Costaud en s'élançant sur la piste de Monty.

Derrière lui, le Schtroumpf Maladroit marmonne :

– J'ai un mauvais pressentiment...

Gargamel est ravi de voir Monty revenir et déposer son sac sur la table.

– Tu en as attrapé un ! s'extasie le sorcier.

Mais quand il découvre que la prisonnière n'est autre que la Schtroumpfette, Gargamel est furieux.

– TOI !

– Laisse-moi partir, sorcier de pacotille ! réplique-t-elle, nullement impressionnée.

– Voyons, réplique-t-il, mielleux, en approchant son visage de la cage où il l'a enfermée. Ce n'est pas une façon de parler à son père !

Puis il se tourne vers son vautour et ajoute :

– Belle prise, Monty. Malheureusement, cette

abominable créature n'est pas un vrai Schtroumpf.

C'est la deuxième fois dans la même journée que la pauvre Schtroumpfette entend ces mots blessants. Elle en laisse tomber le bonnet qu'elle cachait dans son dos… et Azraël s'en saisit aussitôt.

– Hum… Où as-tu trouvé ça ? questionne le sorcier en examinant le tissu à la loupe.

– Je ne vous dirai rien ! réplique la Schtroumpfette en croisant les bras.

Gargamel hausse les épaules : il dispose d'autres moyens pour obtenir sa réponse. Il entame la création d'une potion, à partir du tissu. Il est si absorbé qu'il ne voit pas le Schtroumpf à Lunettes, le Schtroumpf Costaud et le Schtroumpf Maladroit se faufiler dans la pièce !

– Montre-moi d'où vient ce bonnet ! ordonne finalement le sorcier.

Une voix profonde s'élève du chaudron :

– Voilà longtemps que tu cherches ces créatures bleues, mais ce bonnet provient d'un nouveau lieu…

Gargamel se frotte les mains et s'écrie :

– Oui ! Où se trouve-t-il ?

– Un village de Schtroumpfs…

– Tout un village ! s'exclame le sorcier, ravi.

– ARRÊTE DE M'INTERROMPRE ! s'énerve le chaudron.

– Oui, pardon, bredouille Gargamel, penaud.

– Son emplacement…

– Oui ?

– Personne ne le connaît !

Gargamel est furieux : tout ça pour ça !

Heureusement, le chaudron lui livre tout de même un indice. Une forme mystérieuse. En la voyant, Azraël désigne un point sur la carte. Les Trois Grands Arbres, dans la Forêt Interdite.

Gargamel n'hésite pas : il va s'y rendre et capturer les Schtroumpfs de ce nouveau village !

Pendant que le sorcier prépare son sac, les trois Schtroumpfs en profitent pour libérer la Schtroumpfette. Le Schtroumpf à Lunettes prend même le temps de photographier la carte avec Snappynelle... Mais soudain, Gargamel se retourne et les aperçoit !

– C'est une évasion ! hurle-t-il. Ils connaissent mon plan, ils vont tout faire rater !

Le Schtroumpf Costaud n'hésite pas : il saute sur l'arbalète du sorcier et fait signe à ses amis de l'imiter. Puis il déclenche l'arme, et tous les Schtroumpfs sont projetés dans les airs à une vitesse folle !

Avec Azraël et Monty à leurs trousses dans la forêt, ils ne sont pas tirés d'affaire pour autant.

– Plus vite ! hurle la Schtroumpfette en courant à perdre haleine.

– Pourquoi on a de si petites jambes ? se lamente le Schtroumpf à Lunettes.

– Pourquoi on a de si gros pieds ? réplique le Schtroumpf Maladroit.

– Pourquoi j'ai de si gros muscles ? lance à son tour le Schtroumpf Costaud.

– Sérieusement ?! lui hurle le Schtroumpf à Lunettes.

Après une folle course-poursuite, les quatre Schtroumpfs parviennent enfin au village. Sains et saufs. Ils laissent éclater leur joie… quand une voix s'élève dans leur dos :

– Je connais quatre Schtroumpfs qui me doivent des explications…

Le Grand Schtroumpf les observe, bras croisés. Et il n'a pas l'air content.

CHAPITRE 3

La Forêt Interdite

Les Schtroumpfs tentent de s'expliquer, mais ils parlent tous en même temps, et le Grand Schtroumpf doit siffler pour les arrêter.

– Je vous l'ai dit et répété : la Forêt Interdite est interdite ! tonne-t-il. Pourquoi n'êtes-vous pas capables de respecter une règle aussi simple ?

Vous vous êtes mis en danger ! Je vous prive de sortie jusqu'à nouvel ordre.

Tandis que ses amis protestent, la Schtroumpfette répond :

– Vous avez raison, Grand Schtroumpf. Je ne sais pas ce qui nous a pris.

Le Grand Schtroumpf la regarde, surpris, mais elle ajoute déjà :

– Je crois même qu'on devrait tous aller dans notre chambre dès maintenant pour réfléchir à ce qu'on a fait.

Et elle pousse ses amis vers la sortie, en ignorant leurs protestations.

En réalité, la Schtroumpfette a une idée derrière la tête. De retour chez elle, elle prépare un sac, puis file de nouveau vers la Forêt Interdite. L'autre village de Schtroumpfs a besoin de son aide !

Alors qu'elle arrive devant le mur, elle se rend compte qu'elle est suivie… Le Schtroumpf Costaud, le Schtroumpf Maladroit et le Schtroumpf à Lunettes surgissent soudain des buissons.

– On savait bien que tu mijotais quelque chose… On est la Team Schtroumpfs. On vient avec toi !

C'est donc ensemble que les amis s'engouffrent dans la Forêt Interdite…

La Schtroumpfette regarde autour d'elle, émerveillée. Tout est coloré, lumineux… et dangereux. Brusquement, elle est aspirée par une fleur carnivore ! Ses amis subissent le même sort, avant d'être recrachés sans ménagement : visiblement, les Schtroumpfs ne sont pas comestibles !

Le chemin n'est qu'une succession de mauvaises rencontres : après les plantes boxeuses, ils se retrouvent face à des libellules géantes… qui crachent du feu !

Mais le pire est encore à venir… Car les voilà soudain entourés de Gargamel, Azraël et Monty !

Les Schtroumpfs se dispersent rapidement, évitant les attaques, et répliquant de tous côtés. Gargamel en a le tournis.

– Par ici ! crie la Schtroumpfette en désignant l'entrée d'un terrier.

Les quatre Schtroumpfs plongent dans l'obscurité pour échapper à leurs poursuivants. En voyant que les libellules crachent du feu dans le boyau, Gargamel se frotte les mains.

– Ils sont morts ! se réjouit-il.

Le sorcier s'éloigne, persuadé de s'être débarrassé des gêneurs…

CHAPITRE 4

À la recherche du village perdu !

Pourtant, dans le terrier, les Schtroumpfs vont bien. Le problème, c'est que dans leur fuite… ils ont été séparés ! Ils se trouvent chacun dans un tunnel différent. Ils ne peuvent pas se voir, mais au moins, ils s'entendent.

– Je ne suis pas très à l'aise dans le noir ! crie le Schtroumpf Maladroit.

– Prenez vos kits d'urgence dans vos sacs à dos ! ordonne le Schtroumpf Costaud. Il y a un tube de verre. Agitez-le !

Le Schtroumpf Maladroit s'exécute. La luciole contenue dans le tube s'allume, éclairant les alentours. C'est déjà mieux.

Les Schtroumpfs tentent ensuite de se rejoindre en se guidant à la voix, mais l'écho ne cesse de les tromper.

À bout de nerfs, le Schtroumpf Maladroit fouille dans son sac et y découvre une boisson énergétique. Il reconnaît le liquide : c'est celui qu'a fabriqué le Schtroumpf à Lunettes avec son étrange machine !

Hop ! Il lance la fiole contre la paroi du tunnel. Tout explose… et les quatre amis se retrouvent enfin.

Mais leur tranquillité est de courte durée : l'explosion a dérangé un troupeau de lapins verts qui fonce droit sur eux !

La Schtroumpfette parvient à bondir sur le dos de l'un d'eux. Ses amis tentent de l'imiter, mais ils ne sont pas aussi doués… Éjectés par leurs montures, ils atterrissent sur celle de la Schtroumpfette.

L'avantage, c'est que le flot de lapins les a sortis du labyrinthe souterrain.

– Regardez! s'écrie la Schtroumpfette en désignant un point au loin. Les Trois Grands Arbres! Bucky va nous y conduire en un rien de temps!

C'est ainsi qu'elle a baptisé sa monture.

Les amis sourient, soulagés. Le voyage ne se déroule pas si mal, finalement!

Pendant ce temps, au village, le Grand Schtroumpf décide d'aller parler à la Schtroumpfette. Il veut la rassurer sur son rôle au sein du village…

Mais quand il frappe à sa porte, personne ne répond. Il entre et ne tarde pas à découvrir que la Schtroumpfette est partie.

Il se précipite aussitôt chez le Schtroumpf Costaud, puis chez le Schtroumpf à Lunettes, et enfin, chez le Schtroumpf Maladroit. Partout, le résultat est le même : les maisons sont vides. Les Schtroumpfs ont fugué !

Dans la Forêt Interdite, la nuit tombe. Bucky montrant des signes de fatigue, les Schtroumpfs décident de s'arrêter pour la nuit. Ils installent leur campement en se chamaillant, comme toujours. Une fois devant un bon feu de camp, la Schtroumpfette soupire :

– Vous imaginez, les garçons ?

Pendant tout ce temps, il y avait d'autres Schtroumpfs dans la forêt, et on n'en savait rien… Des Schtroumpfs comme nous.

– Ils pourraient bien être très différents de nous, lui fait remarquer le Schtroumpf à Lunettes.

– Moi aussi, j'étais différente, répond la Schtroumpfette. Ces Schtroumpfs méritent une chance, eux aussi. Je dois les aider !

– On est la Team Schtroumpf, répond le Schtroumpf Costaud. On les aidera tous ensemble !

Le Schtroumpf à Lunettes profite de cet instant de complicité pour prendre un *selfie* collectif. Puis les quatre amis s'endorment, épuisés par cette journée mouvementée.

Le lendemain matin, ils se remettent en route. Et bientôt, ils arrivent devant une étrange rivière qui semble flotter devant eux, et qui leur barre la route.

Visiblement, Bucky n'aime pas l'eau : il refuse tout net de la traverser. Les Schtroumpfs vont devoir trouver un autre moyen de transport…

Heureusement, le Schtroumpf à Lunettes a de la ressource.

– Et voilà ! s'exclame-t-il bientôt, en présentant le résultat de ses efforts : un superbe radeau !

– Impressionnant ! s'extasie la Schtroumpfette.

Le Schtroumpf Costaud place une grosse fleur ronde autour du Schtroumpf Maladroit : elle fera un parfait gilet de sauvetage. Puis tous les quatre montent à bord, et le radeau s'élance dans le courant.

Alors qu'il prend de la vitesse, le Schtroumpf Maladroit repère une manette, au-dessus de laquelle on peut lire : « En cas d'urgence ».

– À ta place, je n'y toucherais pas, lui glisse le Schtroumpf à Lunettes.

– Super, maintenant, je ne pense qu'à ça ! soupire le Schtroumpf Maladroit.

La Schtroumpfette consulte leur carte et s'exclame, ravie :

– En suivant cette rivière, on se dirige droit vers...

– ... vers mon trésor ! s'exclame dans son dos la voix sinistre de Gargamel.

CHAPITRE 5

Une rencontre inattendue

— Gargamel ! s'écrie la Schtroumpfette en découvrant le sorcier et ses deux acolytes, qui naviguent sur un gros rondin de bois.

— Je vous croyais morts ! leur crie-t-il.

Une course-poursuite s'engage. Le sorcier tente de saborder l'embarcation des Schtroumpfs, et tous sont si absorbés qu'ils ne réalisent pas qu'ils approchent des rapides !

– Schtroumpf Maladroit ! s'écrie le Schtroumpf à Lunettes. Tire la manette !

– Pour de vrai ? Mais tu m'as dit de ne pas le faire. C'est un piège ?

– TOUT DE SUITE ! hurlent en chœur le Schtroumpf à Lunettes et la Schtroumpfette.

Leur ami s'exécute enfin, et un mât s'élève au centre du radeau ! Le Schtroumpf Costaud manœuvre pour naviguer sur les eaux agitées… tandis que derrière eux, le sorcier tombe à l'eau.

– On a réussi ! s'écrient les Schtroumpfs en chœur, une fois les rapides passés.

Derrière eux, Gargamel les appelle :

– Au secours ! Je me noie ! Mon chat ne sait pas nager !

Sur le radeau, les amis sont silencieux. Tous regardent le sorcier et se demandent comment réagir.

Le Schtroumpf Costaud est le premier à parler.

– On doit l'aider.

– Tu es devenu fou ou quoi ? s'écrie le Schtroumpf à Lunettes. Pourquoi ferait-on ça ? C'est notre pire ennemi !

– Je déteste Gargamel autant que toi, réplique le Schtroumpf Costaud en faisant faire demi-tour au radeau. Mais on est des Schtroumpfs. On choisit toujours de faire le bien.

– On doit le sauver, approuve la Schtroumpfette.

Les amis lancent donc à Gargamel la fleur qui servait de gilet de sauvetage au Schtroumpf Maladroit. Le sorcier s'y accroche, puis se hisse sur le radeau.

– Ça va ? lui demande le Schtroumpf Costaud.

Gargamel acquiesce.

– Je suis trempé et épuisé, mais toujours aussi méchant, alors…

D'un geste de la main, il éjecte les
Schtroumpfs du radeau.

– Bonne noyade ! leur crie-t-il.

Les Schtroumpfs sont emportés
par le courant jusqu'à une immense
chute d'eau. Ils hurlent en chœur…
avant de disparaître sous l'eau !

Quand ils reprennent connaissance,
les Schtroumpfs se sont échoués sur
une plage de sable, au bord d'un lagon.
Ils sont sains et saufs. Pourtant, le
Schtroumpf à Lunettes est désespéré.

– Mon sac ! Mon manuel ! hurle-t-il
en cherchant frénétiquement autour
de lui.

Il se tourne vers le Schtroumpf Costaud, accusateur :

– C'est ta faute !

– Quoi ?! réplique son ami, furieux.

– Ça suffit ! intervient la Schtroumpfette.

Le Schtroumpf à Lunettes la dévisage et lance :

– Ah oui, pardon, c'est aussi ta faute ! C'est toi qui nous as entraînés là-dedans !

– MOI AUSSI, JE VEUX HURLER ! intervient soudain le Schtroumpf Maladroit.

C'est le chaos !

Alors que le Schtroumpf à Lunettes et le Schtroumpf Costaud commencent à se battre, une pluie de flèches s'abat soudain sur eux ! Les Schtroumpfs se trouvent encerclés par une dizaine de créatures masquées.

L'une d'elles s'avance pour les examiner.

– Qui êtes-vous ? Que voulez-vous ? demande le Schtroumpf Costaud.

– Elle ! répond la créature en désignant la Schtroumpfette.

À ces mots, toutes ses comparses se précipitent pour toucher ses cheveux ou sa robe. L'une d'elles semble étrangement familière à la Schtroumpfette, qui s'écrie tout à coup :

– C'est toi !

Le Schtroumpf de la forêt ! La créature ôte son masque de feuilles. C'est bien un Schtroumpf. Une FILLE Schtroumpf. Sa robe est en feuilles tissées, son bonnet jaune, et ses cheveux au carré sont bleus.

– Tu es une fille ! s'écrie la Schtroumpfette. C'est une fille !

Elle saute de joie, toute peur oubliée.

Les unes après les autres, les créatures retirent leurs masques. Et les Schtroumpfs découvrent, stupéfaits, que ce sont TOUTES des filles !

– Je m'appelle Fleur de lys, se présente la Schtroumpf de la forêt.

Une seconde se précipite, manquant de renverser la Schtroumpfette, et s'écrie :

60

– Et moi, Bouton d'or. Ravie de te rencontrer !

Puis elle prend une grande inspiration et se retourne pour présenter toutes les autres filles. Quand elle a terminé, elle se retourne vers la Schtroumpfette et s'exclame :

– C'est fou ce que tu es différente ! Sans vouloir te vexer…

Parmi toutes les Schtroumpfs, une ne semble pas partager l'enthousiasme général. Elle s'appelle Tempête, et tient en joue les nouveaux arrivants avec son arc.

– Qu'est-ce que vous venez faire ici ? demande-t-elle, méfiante.

La Schtroumpfette se souvient soudain de l'importante mission qui l'a conduite jusqu'ici.

– Nous sommes venus vous mettre en garde contre Gargamel ! s'écrie-t-elle.

– Garga-quoi ? demandent en chœur les filles Schtroumpfs.

– Un dangereux sorcier qui veut capturer tous les Schtroumpfs et les utiliser pour faire de la magie noire ! Il connaît l'existence du village perdu…

Les autres échangent des regards perplexes et Tempête grommelle :

– Le village perdu ? C'est vous qui êtes perdus, pas nous !

– Il faut qu'on vous conduise au Village-dans-les-Arbres pour rencontrer Saule, annonce Fleur de lys.

– Et qu'est-ce qu'on fait de ces trucs ? demande une autre fille en désignant le Schtroumpf Costaud, le Schtroumpf Maladroit et le Schtroumpf à Lunettes.

Fleur de lys les examine, puis tranche :

– On les emmène aussi.

CHAPITRE 6

Le Village-dans-les-Arbres

La petite troupe fait son entrée dans le village perdu, sous les yeux d'une foule de filles Schtroumpfs, qui observent ces nouveaux arrivants avec curiosité.

La Schtroumpfette se décide à prendre la parole.

– Ce sont des Schtroumpfs, comme nous, explique-t-elle. Mais ce sont des garçons.

« Garçon ? » Le mot semble inconnu.

– Et où sont vos garçons ? finit par demander la Schtroumpfette.

Elle n'en a pas vu un seul depuis son arrivée.

– Vous n'en trouverez pas ici, annonce une voix puissante.

Tout le monde se tourne vers la créature qui vient de parler. Elle ôte son masque, et son visage apparaît : plus âgé, plus sage que celui des autres. En la voyant, la Schtroumpfette pense aussitôt au Grand Schtroumpf.

– Je suis Saule, chef des Schtroumpfs, se présente-t-elle.

– Ne vous approchez pas trop, intervient Tempête. Ils sont louches…

– Nous voulons seulement vous aider, explique la Schtroumpfette. Nous sommes venus vous avertir : l'affreux sorcier Gargamel a une carte de la forêt. Il va trouver le

chemin des Trois Arbres. Montre-
leur, Schtroumpf à Lunettes !

Ce dernier brandit Snappynelle,
qui dessine le fameux symbole apparu
dans le chaudron du sorcier.

— Il ne s'agit pas d'arbres, mais de
chutes d'eau, corrige Saule.

— Mais alors… Ça signifie que Gargamel va dans la mauvaise direction !
s'exclame la Schtroumpfette.

— Et s'il se dirige vers les Trois
Grands Arbres, il va passer par le
Marécage-sans-Retour, annonce
Saule, avec un sourire satisfait. Il n'a
aucune chance de survivre !

La Schtroumpfette n'en est pas si
sûre.

— Vous ne connaissez pas Gargamel… argumente-t-elle.

Elle finit par convaincre les filles
Schtroumpfs qu'il vaut mieux aller

jeter un coup d'œil, pour voir ce que le sorcier mijote.

Tempête appelle Spitfire, sa libellule cracheuse de feu, saute sur son dos, puis désigne le Schtroumpf Maladroit en ordonnant :

– Toi ! Tu viens avec moi.

Même si ce dernier est un peu effrayé, il n'a pas le choix. Il faut bien quelqu'un capable d'identifier Gargamel.

Bientôt, les deux éclaireurs survolent le Marécage-sans-Retour… sans savoir qu'ils viennent d'être repérés par Gargamel. Le sorcier ordonne à Monty de les attaquer. Ignorant le danger, le Schtroumpf Maladroit est occupé à raconter l'histoire de

Gargamel à Tempête. Il vient d'en arriver au moment où le sorcier a créé la Schtroumpfette.

– Je savais qu'on ne pouvait pas lui faire confiance ! marmonne aussitôt Tempête.

Mais le Schtroumpf Maladroit n'a pas le temps de défendre son amie : Monty fonce sur eux !

Il paniquerait bien, mais Tempête a un plan.

– Tu pilotes ! lui lance-t-elle. Moi, je lui tire dessus.

– Voler, c'est pas vraiment mon truc ! proteste le Schtroumpf Maladroit.

Mais il n'a pas le choix. Et étonnamment… il ne s'en sort pas si mal ! Mieux encore, il a soudain une idée.

– Spitfire, crache du feu ! ordonne-t-il en brandissant une flèche sous son nez.

La flèche s'en-
flamme, et il la
tend à Tempête.

– J'aime ta
façon de penser ! lui
dit-elle, avant de tirer
sur Monty.

Touché, le vautour
chute aussitôt.

À terre, Gargamel se précipite pour le rattraper, furieux.

– Je n'arrive pas à y croire ! s'exclame Tempête. Il est sorti du marécage ! On doit prévenir les autres.

Ce qu'elle ignore, c'est que Gargamel l'a vue. Il est donc maintenant certain d'être tout près du village perdu. Et il est plus déterminé que jamais à le trouver…

CHAPITRE 7

Un invité surprise !

Pendant ce temps, les Schtroumpfs ont été très bien accueillis au village perdu. On a donné une fête de bienvenue en leur honneur, on leur a offert des cadeaux, ils ont testé les boutiques, les activités locales, et même le spa ! La Schtroumpfette a revêtu une tenue locale, et elle s'est fait des amies. Elle se

sent si bien qu'elle aurait presque envie
de rester… pour toujours !

Cette idée fait paniquer le Schtroumpf
Costaud.

– On a rempli notre mission, lui
dit-il. Maintenant, il faut rentrer à la
maison. On est partis depuis deux
jours, le Grand Schtroumpf doit être
très inquiet !

Mais le retour du Schtroumpf Maladroit et de Tempête interrompt leur conversation.

– Ils avaient raison, annonce Tempête. Ce Gargamel existe bel et bien… et il se dirige vers le village !

– Oh, non ! s'écrie la Schtroumpfette. Je vous l'avais dit…

– C'est vous qui l'avez conduit jusqu'ici, la coupe Tempête. C'est ce que tu voulais, non ?

La Schtroumpfette écarquille les yeux, blessée. Elle n'a pas le temps de répondre. Déjà, Tempête se tourne vers les autres et explique :

– Cette demoiselle aux cheveux blonds n'est pas un vrai Schtroumpf ! Elle a été créée par Gargamel !

– C'est vrai ? interroge Saule.

– C'est… Ce n'est pas ce que vous croyez… bredouille la Schtroumpfette.

La colère qu'elle lit dans les yeux de Tempête la rend si triste. Elle croyait avoir trouvé un endroit où elle serait acceptée… et voilà que son histoire la rattrape.

Juste à ce moment-là, l'alarme du village se met en marche. Aussitôt, les filles Schtroumpfs filent chercher leurs armes. Puis elles attendent, prêtes à attaquer.

Les feuilles d'un buisson bougent… et une forme rouge et bleue surgit. Immédiatement, Saule se jette sur l'intrus et l'immobilise. C'est le Grand Schtroumpf !

Ce dernier parvient à se libérer et affronte son assaillante. Comme ils sont de force égale, le

combat se poursuit, jusqu'à ce que le Grand Schtroumpf se rende compte que l'ennemi qu'il affronte… est un Schtroumpf !

Sa surprise permet à Saule de prendre l'avantage.

– Rends-toi, Gargamel ! lui crie-t-elle, tandis que les autres filles Schtroumpfs sortent des buissons pour observer l'intrus.

Enfin, la Schtroumpfette réussit à se frayer un chemin jusqu'à lui. Elle crie :

– Attendez ! C'est une erreur ! Je vous présente le Grand Schtroumpf.

Une foule curieuse les entoure aussitôt. Bientôt, le Schtroumpf Costaud, le Schtroumpf Maladroit et le Schtroumpf à Lunettes font leur apparition. Ils saluent le Grand

Schtroumpf sans oser le regarder dans les yeux.

– Dieu merci, vous êtes sains et saufs ! s'écrie ce dernier en les voyant. Et maintenant, on rentre à la maison !

– Pas si vite, Grand Machin ! lance Saule en lui barrant le passage. Je suis la chef des Schtroumpfs.

– Hum… c'est impossible, réplique le Grand Schtroumpf, vexé. C'est moi, le chef des Schtroumpfs !

Mais après un moment de tension, il reprend :

– Au fait, où avez-vous appris à vous battre de cette façon ?

– J'ai appris seule.

– Impressionnant…

À présent, les deux chefs se sourient. L'orage est passé !

CHAPITRE 8

Gargamel contre les Schtroumpfs !

Mais, alors que tout semble s'arranger, une explosion retentit, suivie d'un éclair. Le Grand Schtroumpf et Saule sont entourés d'une épaisse fumée. Quand elle se dissipe, les autres Schtroumpfs découvrent que leurs chefs ne peuvent plus bouger.

Ils viennent d'être touchés par une boule pétrifiante !

– Gargamel ! hurle la Schtroumpfette.

– Oh, désolé ! Je vous ai fait peur ? se moque le sorcier.

Il s'empare des deux Schtroumpfs paralysés et les place dans son sac.

– Sauvez-vous ! crie la Schtroumpfette.

Mais le sorcier n'est pas seul : Azraël et Monty surgissent à leur tour, coupant toute possibilité de fuite aux Schtroumpfs. Ils sont pris au piège !

En quelques minutes, Gargamel a figé tous les petits lutins bleus, et les a fourrés sans ménagement dans son sac. Il le tend ensuite à Monty, qui s'envole, les emportant tous… sauf la Schtroumpfette !

Puis le sorcier éclate d'un rire maléfique.

– Ma chère petite créature ! s'exclame-t-il en se penchant vers la Schtroumpfette. Tu as enfin rempli le rôle pour lequel tu avais été créée ! Tu ne peux pas échapper à ton destin…

Puis il lui lance une boule pétrifiante et s'en va, la laissant seule et désespérée.

Lorsque le sort se dissipe enfin, la Schtroumpfette s'écroule sur le sol et se met à pleurer. Spitfire et Snappynelle la rejoignent. La coccinelle tente de la consoler en imprimant le *selfie* que la Team Schtroumpf a pris pendant leur halte dans la forêt, puis elle lui fait écouter des dialogues qu'elle a enregistrés.

La Schtroumpfette entend la voix du Schtroumpf Costaud, qui dit :

– *On est des Schtroumpfs. On choisit toujours de faire le bien.*

– Je ne suis même pas un vrai Schtroumpf ! se lamente la Schtroumpfette.

Mais, soudain, elle arrête de pleurer. Elle vient d'avoir une idée.

– Je ne suis pas un vrai Schtroumpf, répète-t-elle, l'air réjoui.

Et elle attrape aussitôt Snappynelle avant de sauter sur le dos de Bucky.

Dans le repaire de Gargamel, les Schtroumpfs sont en cage. Voyant le sorcier occupé à activer sa machine infernale visant à extraire leur essence, ils tentent de s'évader. Le Schtroumpf à Lunettes crochète la serrure, puis les prisonniers forment une chaîne en se tenant tous par la main. La ribambelle de Schtroumpfs se balance ensuite jusqu'à une autre cage, qu'ils ouvrent. Et ainsi de suite…

Alerté par les miaulements d'Azraël, Gargamel finit par se retourner.

– Encore une évasion ! s'écrie-t-il.

D'un geste, il récupère les Schtroumpfs qui s'étaient libérés et les jette dans sa centrifugeuse, où ils se mettent à tourner rapidement. Peu à peu, ils perdent leur couleur, et une fumée bleue s'élève. Le sorcier n'a plus qu'à actionner un levier pour absorber la puissante essence bleue !

– Ça marche ! s'écrie-t-il. Je sens le pouvoir qui m'envahit !

Il est occupé à changer son apparence, essayant une tenue plus luxueuse et faisant apparaître une masse de cheveux sur sa tête, quand la Schtroumpfette surgit dans la pièce.

– Quelle charmante surprise ! s'exclame Gargamel. Tu en as eu assez de pleurer dans la forêt ?

– J'ai versé assez de larmes pour ces Schtroumpfs ! réplique la Schtroumpfette sur un ton dur. Je ne veux plus faire semblant d'être quelqu'un d'autre. Je suis venue pour vous servir, vous, mon créateur.

Dans leur cage, le Grand Schtroumpf et Saule écoutent, stupéfaits.

– Oh, Schtroumpfette ! répond Gargamel. Même si je te croyais – ce qui n'est pas le cas – que pourras-tu m'offrir que je n'aie déjà ?

– Tous les autres Schtroumpfs ! réplique-t-elle. Imaginez tout le pouvoir que vous aurez à votre disposition quand je vous aurai révélé l'emplacement du village des Schtroumpfs !

Le sorcier semble soudain très intéressé.

– Pourquoi est-ce que tu ferais ça ? interroge-t-il tout de même.

– J'en ai assez d'être gentille. Utilisez votre magie pour me faire redevenir méchante !

Gargamel acquiesce et se concentre, rassemblant tout son pouvoir. Puis il lance un puissant jet enchanté sur la Schtroumpfette.

Cette dernière se concentre et émet une lumière éblouissante, qui agit comme un bouclier face au pouvoir du sorcier.

Sur l'étagère où ils se sont dissimulés, le Schtroumpf Costaud et le Schtroumpf à Lunettes observent la scène. Soudain, ce dernier s'exclame :

– Mais bien sûr !
Vas-y, Schtroumpfette !

Il a compris le plan de son amie.

Gargamel devine que quelque chose ne va pas. Son pouvoir faiblit. Sa machine se met à trembler et s'arrête. Les Schtroumpfs dans la centrifugeuse retrouvent leur couleur…

Tout à coup, l'affrontement de Gargamel et de la Schtroumpfette produit un gigantesque tourbillon de magie qui projette le sorcier, son chat et son vautour à travers le plafond. Ils sont emportés dans les airs, à des kilomètres de là !

Tous les Schtroumpfs poussent des cris de joie : ils sont sauvés ! Mais quelque chose ne va pas… La

Schtroumpfette ne bouge plus. Les Schtroumpfs réalisent soudain qu'elle a repris sa forme d'origine : celle d'une figurine d'argile. Elle s'est sacrifiée pour sauver les Schtroumpfs !

Le Grand Schtroumpf tombe à genoux devant elle, les larmes aux yeux. Cette fois, il ne peut rien faire pour elle.

– Ramenons-la à la maison, souffle le Schtroumpf Costaud en prenant la Schtroumpfette dans ses bras.

Tous les Schtroumpfs, filles et garçons, escortent la Schtroumpfette jusqu'au village. Puis, chacun vient déposer une fleur ou un cadeau près de son corps d'argile.

Le Grand Schtroumpf s'avance et déclare :

– La Schtroumpfette a toujours cru qu'elle n'était pas un vrai Schtroumpf. Mais elle était la plus Schtroumpf d'entre nous.

Tous se prennent par la main, pour former une immense chaîne autour de la Schtroumpfette, afin de lui rendre un dernier hommage. Puis, peu à peu, la foule se disperse.

Seuls restent le Schtroumpf Costaud, le Schtroumpf à Lunettes et le Schtroumpf Maladroit.

Ils ne s'en rendent pas compte, mais la petite fleur qu'a déposée le Schtroumpf Costaud sur la Schtroumpfette se met soudain à étinceler. Lentement mais sûrement, une lumière bleue s'infiltre dans l'argile. La couleur revient aux joues de la Schtroumpfette. Son nez remue. Ses cheveux blondissent. Et enfin… elle ouvre les yeux !

– Pourquoi tout le monde pleure ? demande-t-elle en regardant autour d'elle.

– C'est la Schtroumpfette, répond le Schtroumpf Maladroit. Elle est redevenue un morceau d'argile.

– Mais non. Je suis là !

Les trois Schtroumpfs se précipitent sur elle. Ils crient et rient si fort

que les autres Schtroumpfs reviennent.
Bientôt, la Schtroumpfette est assaillie
de câlins et d'amour.

Les Schtroumpfs ont travaillé
ensemble pour reconstruire le village
perdu. À présent, filles et garçons
se connaissent, s'apprécient… et
peuvent se rendre visite librement.

Quant à la Schtroumpfette, elle a
enfin trouvé son rôle : réunir tous
les Schtroumpfs ! Et elle sait aussi à
présent que son nom ne la définit pas.
Elle peut être qui elle veut… et elle
compte bien en profiter !

Fin

NOUVELLE SÉRIE BD DISPONIBLE EN LIBRAIRIE DÈS LE 24 MARS 2017
LES SCHTROUMPFS & LE VILLAGE DES FILLES – TOME 1, LA FORÊT INTERDITE
UNE NOUVELLE SÉRIE BD AVEC LES NOUVEAUX PERSONNAGES DU FILM LE LOMBARD

TABLE

PAPIER À BASE DE
FIBRES CERTIFIÉES

[H]hachette s'engage pour
l'environnement en réduisant
l'empreinte carbone de ses livres.
Celle de cet exemplaire est de :
350 g éq. CO_2
Rendez-vous sur
www.hachette-durable.fr

Photogravure Nord Compo - Villeneuve-d'Ascq

Imprimé en Espagne par CAYFOSA
Dépôt légal : mars 2017
Achevé d'imprimer : février 2017
73.0594.1/01 – ISBN 978-2-01-702080-6
Loi n° 49956 du 16 juillet 1949
sur les publications destinées à la jeunesse